AF252709

LA PRESSE

Doit-elle être libre?

PAR

CLAUDIUS

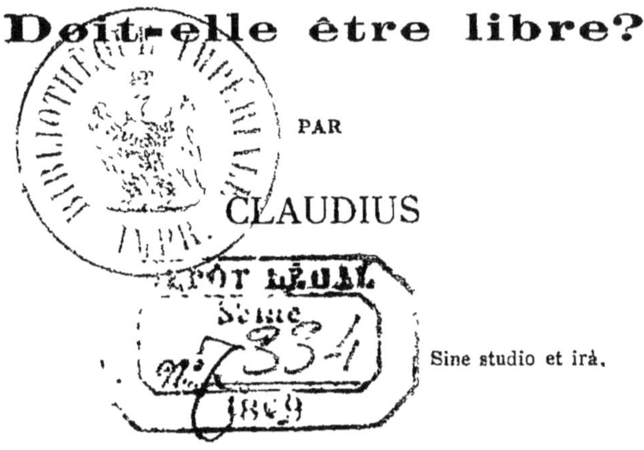

Sine studio et irà.

PRIX : **30** CENTIMES

PARIS

EN VENTE CHEZ TOUS LES LIBRAIRES

1869

Paris. — Imprimerie Alcan-Lévy, boulevard de Clichy, 62.

LA PRESSE DOIT-ELLE ÊTRE LIBRE?

—

De la presse en général.

La presse doit-elle être libre, entièrement libre?

Les partisans de l'affirmative soutiennent qu'elle est :

La gardienne des mœurs, en révélant hardiment les scandales;

La conservatrice de la probité et de la justice dans les relations sociales, en stigmatisant les improbités heureuses, les criantes injustices;

Une garantie efficace contre l'oppression, en éclairant les masses sur leurs droits, et, sentinelle vigilante, en leur révélant les empiétements du pouvoir dès qu'ils se produisent;

La protectrice de la liberté individuelle, en révélant les attentats qui pourraient être commis dans l'ombre par les sicaires du pouvoir;

La propagatrice des lumières, en vulgarisant et mettant à la portée de tous, en jetant, pour ainsi dire, dans la circulation les progrès accomplis dans les sciences, les arts et l'industrie;

Une missionnaire ardente de civilisation

et de fraternité universelles, en donnant aux peuples un moyen facile d'échanger leurs idées et les témoignages de leur sympathie mutuelle;

La condition indispensable d'une justice impartiale, par la publicité donnée aux débats et à la sentence qui les termine.

Ils prétendent que le danger des opinions fausses, des attaques injustes, trouve son correctif dans la possibilité de soutenir le contraire par la même voie; que les critiques, même passionnées, donnent du prix à la louange.

Peut-être lui trouvent-ils d'autres avantages encore; néanmoins, je crois avoir énuméré les principaux.

A cela les adversaires répondent :

Que la presse libre est moins la gardienne que la corruptrice des mœurs, en donnant de la publicité à des œuvres dont le plus grand mérite consiste dans le cynisme des tableaux, en entretenant complaisamment le lecteur de secrets d'alcôve, de scandales privés qu'il serait heureux d'ignorer toujours;

Que les improbités heureuses et les injustices criantes trouvent des apologistes quand elles savent les payer largement;

Que la presse libre rend les peuples ingouvernables, en leur inspirant une

méfiance injuste et une susceptibilité exa-
gérée envers le pouvoir, sans être capable
de leur inculquer les qualités qui pourraient atténuer ces défauts;

Qu'elle propage moins les lumières que
la suffisance et les prétentions du demi-
savoir;

Qu'elle transmet plus souvent aux peuples étrangers des témoignages de méfiance
que des témoignages de sympathie véritable; que la fraternité des peuples est
plus que jamais un mythe, et qu'en fait
d'échanges, il n'y a de perfectionné que
celui des projectiles;

Que l'avantage de garantir l'impartialité
de la justice est tristement compensé par
le moyen que la presse offre à une spécu-
lation éhontée de souiller les imaginations,
en répandant à profusion d'exemplaires
les détails circonstanciés, minutieux des
plus hideux forfaits; que, grâce à elle, l'intérêt pour les héros du bagne est devenu
un fait notoire;

Qu'en revêtant de couleurs spécieuses
même les opinions fausses, elle ne répand
pas les lumières, mais l'incertitude, et
fournit des arguments pour toutes les
causes, des armes pour tous les attentats;

Que la critique passionnée, dangereuse,
sans doute, n'a pas toujours lieu de s'exer-

cer, mais qu'il y a toujours place pour le sarcasme, dissolvant énergique auprès d'un peuple naturellement *gouailleur*, toujours porté à se mettre du côté de ceux qui le font rire, fût-ce de ses propres bévues, fût-ce des choses les plus respectables. Il s'intitule lui-même le peuple le plus spiri-·tuel de la terre : noblesse oblige.

Enfin, les uns disent que le commerce intellectuel, condition de la civilisation et, par suite, de la liberté, eût été impossible dans de vastes États sans l'invention toute providentielle de l'imprimerie. Les autres affirment que cette invention a causé assez de maux pour qu'on doive la regarder comme un don funeste du malin esprit.

Il y a peut-être du vrai dans toutes ces assertions.

Que conclure?

Ici nous ne pouvons nous empêcher de nous rappeler la spirituelle boutade d'Ésope, prouvant à Xanthus que la langue est tout à la fois ce qu'il y a de meilleur et ce qu'il y a de pire.

Quelle que soit l'opinion qu'on ait pu adopter depuis Ésope au sujet de la langue, je constate avec une satisfaction réelle que personne encore n'a proposé de la supprimer. Espérons que nous aussi, après de mûres réflexions, nous ne serons pas obligés de demander la destruction des presses et de maudire la mémoire de Gutenberg.

Oui, la presse a une grande mission à remplir, c'est d'être le véhicule des idées et l'agent principal de la civilisation ; elle est surtout nécessaire ,dans les grands États. Mais ce but, ce n'est pas seulement au moyen des œuvres de longue haleine qu'elle peut l'atteindre, c'est encore et surtout par des entretiens courts et fréquents : ces entretiens, c'est le journal.

Du journal.

Le journal doit jouer un rôle considérable dans la vie d'un peuple qui veut être digne de la liberté.

Non pas toutefois le journal tel que nous le connaissons en France ; celui-là, instrument de lutte, arme à très longue portée, est un produit du régime de compression et de restriction. Tel que je le désire, il ne peut s'épanouir qu'au soleil de la liberté.

Tous les despotismes se sont montrés hostiles à la presse : on devait s'y attendre. C'est triste, mais c'est logique. Chez nous, des gouvernements plus ou moins libéraux, essayant d'être conséquents avec leur principe, l'ont affranchie, mais avec des restrictions. Ils ont maintenu le brevet d'imprimeur : la création et l'existence d'un journal ont été rendues très difficiles, d'abord par un impôt de timbre fort onéreux, puis par la nécessité d'un cautionnement relativement considérable; enfin, en cas de délit, par des amendes dont souvent le chiffre paraît destiné à servir d'épouvantail.

La profession d'imprimeur soumise à l'agrément du pouvoir, le cautionnement exigé en vue d'un délit possible, le droit de timbre beaucoup plus élevé que ne le comporte l'assiette habituelle de l'impôt, les amendes d'un chiffre exorbitant, constituent une législation spéciale, dont le premier inconvénient est de créer, à côté des délits ordinaires, des délits spéciaux dont on s'honore, et qui procurent à des hommes ambitieux de notoriété l'occasion de provoquer du bruit autour de leur nom, de se poser en victimes.

Injuste au point de vue du droit absolu, cette législation ne peut être justifiée que par la considération d'utilité publique.

Est-on fondé à invoquer cette considération?

Examinons.

La situation faite aux journaux, l'état de suspicion dans lequel on les a placés, ont diminué le nombre de ces censeurs importuns; cela est vrai. Les ont-ils rendus moins hostiles et moins dangereux?

Les difficultés financières ne sont jamais telles que des individus ou des compagnies ne puissent en triompher, et les chances d'insuccès sont compensées par le plaisir, goûté d'avance, plus tard longuement savouré, de se poser devant le pays en censeurs du pouvoir.

Le journal est fondé; il arbore un drapeau, lance un programme : ses bureaux deviennent le rendez-vous d'une pléiade de rédacteurs. Ceux-ci sont gens honorables, je n'en doute nullement, et incapables de vendre leur plume; mais, en vertu de ce malencontreux programme et pour répondre constamment à l'attente des lecteurs qu'il a alléchés, au nom du capital engagé (car, ne l'oublions pas, entrepris dans ces conditions, un journal est une affaire), au nom, dis-je, du capital engagé et en vertu du programme, ils sont entraînés fatalement à tout voir d'une certaine façon, et, dans leurs plaidoyers quotidiens, se grisant de leur opposition ou de leur enthousiasme, substituent à une appréciation impartiale des exagérations fâcheuses ou funestes.

Le nombre de ces feuilles est restreint;

leur voix n'en a que plus de retentisse-
ment. On paie cher le droit de faire entendre les critiques; elles n'en sont que plus
amères. Ce n'est pas tout : le pouvoir vou-
drait bien décourager la critique, mais il
serait fâché de décourager la louange, et
il est conduit, d'abord à certaines tolé-
rances, puis à la création d'une presse
officielle dont les louanges ont d'autant
moins d'influence sur la partie éclairée de
la population qu'on les sait mieux rétri-
buées, et, de plus, sont un nouveau stimu-
lant pour la critique.

Or, je le demande, de quel côté se sont
produits jusqu'à ce jour les grands succès
du journalisme? Dans le camp du pouvoir
ou dans celui de l'opposition? Est-il vrai
que la presse a puissamment contribué au
mouvement de 1830, à celui de 1848? Dans
ces deux circonstances, sa participation ne
s'est-elle pas affirmée par l'arrivée immé-
diate aux affaires d'hommes qui n'avaient
pas d'autres antécédents politiques que le
journalisme? N'est-il pas vrai que, sous
le gouvernement actuel, l'inauguration du
régime de la liberté restreinte a été le si-
gnal d'un véritable débordement d'attaques
passionnées, de sarcasmes et d'invectives?
Si tels sont les services que le régime de
restriction a rendus à plusieurs gouver-

nements successifs, qu'eût pu faire de pire pour eux la liberté illimitée?

Supposons qu'elle est accordée, et cherchons à prévoir ce qu'il en adviendra.

Pour les journaux, plus de cautionnement, plus de timbre (je suppose également la suppression du brevet d'imprimeur) : la mise de fonds nécessaire est diminuée d'autant, et deux ou trois hommes de quelque talent peuvent s'entendre et fonder un journal avec un capital fort modeste. Les feuilles éclosent par centaines, à Paris et dans les provinces : il y en a de toutes les couleurs. Le public, sollicité en sens divers, se fractionne; l'attention s'éparpille. Peu à peu le calme se fait; le nombre diminue, mais reste encore considérable. L'influence de chaque feuille est moindre que par le passé : les anciennes ont cessé d'être des individualités collectives aussi redoutables. Si les journaux se recommandent un peu moins par l'atticisme de la forme, ils ont gagné comme expression véritable de l'opinion. Alors de deux choses l'une : ou le nombre et l'autorité des approbateurs du pouvoir l'emporteront (il suffit même qu'ils fassent équilibre), et, dans ce cas, plus de danger; ou bien, ce seront les censeurs, dont la voix étouffera les approbations, auquel cas il faudra aviser en modifiant la marche politique, à moins toutefois que l'on ne prétende à l'infaillibilité; mais alors pourquoi une presse, même restreinte?

Tel qu'il existe parmi nous, le journal a pour but de passionner. Les affaires politiques sont envisagées dans chaque feuille à un point de vue exclusif; plaidoyers véhéments, luttes continuelles, exagérations, attaques personnelles, conflits d'amour-propre, qui souvent aboutissent à des rencontres armées dont on a grand soin d'informer le public. Les rédacteurs sont en nombre restreint et toujours les mêmes; ils font de ce travail une profession, et, constamment spectateurs et critiques, n'apprennent pas assez à mettre dans leur langage la sage mesure que donne la pratique des réalités. Puisant leur notoriété surtout dans la participation à un journal, ils sont jaloux de cette prérogative et n'accueillent pas volontiers des collaborations accidentelles. D'ailleurs, la considération d'intérêt résultant de l'habitude prise par le public de désirer une rédaction connue, impose à cet égard une grande réserve à la direction. Dispensateurs jurés de la célébrité, les rédacteurs savent improviser des réputations éphémères, et s'entendent à merveille aux *éreintements* comme aux apothéoses; ils usent de ce privilége de dispensateurs de la célébrité, pour se prêter les uns aux autres un mutuel appui. Chaque feuille est une tribune qui met dans un relief puissant certaines individualités que recommandent la facilité et la hardiesse du langage.

En dehors des préoccupations politiques, qui les divisent plus ou moins, les journaux sont rattachés les uns aux autres par l'esprit de corps, et si chacun d'eux peut être envisagé comme formant une coterie à part, tous ensemble constituent une véritable aristocratie; aristocratie d'autant plus puissante qu'elle centralise en quelques bureaux toute la pensée politique du pays; d'autant plus dangereuse qu'elle ne s'attache pas à être l'écho de l'opinion publique, mais affiche la prétention de la façonner à son gré, de la violenter en soufflant partout les haines aveugles et les enthousiasmes immérités.

Tel qu'il est permis de le désirer, le journal aurait pour mission d'éclairer : il devrait pouvoir éclore spontanément sur tous les points du pays; il traiterait, dans une forme accessible à tous, de la politique d'abord. puis de tous les sujets indistinctement et selon les occurrences; il ferait connaître à chacun, sans plaidoyer, les affaires de l'État, celles du département, de la ville, de la commune, parlerait d'a griculture, du chemin projeté, du monument à construire, etc., suivrait la marche des affaires d'intérêt local dans tous ses degrés. Il initierait ainsi peu à peu tout le monde au mécanisme des institutions et rendrait possible la décentralisation. Des hommes bien intentionnés se mettent en quête des méthodes les meilleures pour répandre l'instruction primaire; la meilleure n'est-elle pas de savoir en inspirer le désir? Sous ce rapport, le journal peut rendre les plus grands services; qu'il soit fait de manière à devenir un besoin pour tous, et l'on acquerra un peu d'instruction pour pouvoir le lire et le comprendre. Qu'il soit le grand conférencier dont la voix puissante se répand dans tous les coins du pays, le talent flexible qui sait prendre tous les tons, depuis le plus humble jusqu'au plus élevé, la capacité universelle à laquelle n'échappe aucune spécialité, le conseiller sérieux auquel on reconnaît le droit d'aborder toutes les questions. Qu'il accueille avec empressement toutes les collaborations utiles; que tout homme de quelque valeur intellectuelle tienne à honneur, se fasse un devoir d'y apporter de temps en temps son contingent de lumières et d'expérience. Je désirerais même, si étrange que cela doive paraître, qu'il pût être admis de faire varier le format selon l'abondance ou la rareté des matières. Qui dira jamais tout ce qu'ont fait naître de froides plaisanteries, de répétitions écœurantes, d'anecdotes supposées, d'attaques inutiles ces mots qui, de temps en temps, viennent glacer le sang dans les veines d'un directeur de journal : « Il faut encore de la copie ! »

Ainsi compris, le journal est-il une utopie ? Nullement, et il serait facile de le prouver.

Sa transformation serait-elle une conséquence de la liberté illimitée ? Je le pense. Dans tous les cas, elle ne peut avoir lieu qu'à cette condition.

J'ajoute que, pour faciliter l'éclosion et l'existence des feuilles de province et les mettre en état de se faire une opinion propre sans attendre les mots d'ordre de la capitale, le gouvernement devrait expédier chaque jour une édition *très hâtée* contenant, sans aucun commentaire, les débats des Chambres et les actes officiels les plus importants.

Je place bien haut, on le voit, la puissance et les droits de la presse ; mais je me hâte d'ajouter que plus cette puissance est grande, plus est grande la confiance dont le législateur donne la preuve en supprimant toutes les entraves, et il est de devoir impérieux pour tous de la justifier. La liberté de la presse n'est pas, ne peut pas être la liberté d'attaquer impunément ce qu'il y a de plus respectable, de bafouer le pouvoir et de spéculer sur le scandale : le droit de tout dire implique qu'on ne dira rien qui ne soit, sinon toujours juste, du moins toujours modéré ; qu'on n'y cherchera pas un moyen de satisfaire des rancunes de parti, de caste ou d'individu, d'attiser au grand jour le feu de la guerre civile, et que, si ces excès se produisent, ce seront des cas isolés dont la contagion ne sera nullement à craindre.

S'il en était autrement, s'il ne s'était pas établi dans le pays un courant d'idées assez fort pour étouffer les mauvais levains capables d'entraver le jeu régulier des institutions, il faudrait cesser de prétendre à la liberté de la presse, mais, en même temps, à un gouvernement sincèrement libéral, car ces deux choses se supposent mutuellement et de toute nécessité ; il faudrait s'attendre à l'installation de quelque nouveau despotisme, devenu désirable pour cause de tranquillité publique.

Les réformes.

Les réformes que l'on prépare en ce moment même sont plus complètes que, pour ma part, je ne l'avais espéré d'abord; elles seraient une véritable évolution et consacreraient la sincérité du régime constitutionnel. La situation serait détendue, les craintes disparaîtraient, et désormais le char de l'Etat, roulant sur un sol sans pierres d'achoppement, sans ornières, nous n'aurions plus à redouter ni les cahots ni les chutes : tranquillité et bonheur sans fin.

Je le désire du fond du cœur; mais, hélas! je ne l'espère qu'à demi.

Les hommes politiques de toutes les nuances sauront-ils sacrifier leurs préférences secrètes pour essayer d'une application sérieuse et loyale des nouvelles institutions?

Les opposants fougueux cesseront-ils de se croire engagés vis-à-vis de leurs commettants à réclamer immédiatement les libertés extrêmes, à provoquer un renversement? N'useront-ils pas du droit d'initiative pour faire des motions exagérées? Ne chercheront-ils pas à faire perdre à la Chambre son caractère de contrôle tout-puissant pour amener l'absorption fort dangereuse du pouvoir exécutif par le législatif? Déjà quelques-uns ont essayé de préluder par une espèce de coup d'État parlementaire, par un appel bruyant à leurs électeurs.

La responsabilité ministérielle et, par suite, l'importance nouvelle donnée aux fonctions de ministre, ne ramènera-t-elle pas les compétitions ambitieuses, les fréquents changements de ministère qui entretiennent dans le pays l'inquiétude et l'agitation : ces changements qui ont rendu si difficiles les dix premières années du règne de Louis-Philippe ?

Les légitimistes renonceront-ils à leur hostilité sourde?

Le clergé, ce corps redoutable par l'influence qu'il exerce sur les masses, cessera-t-il de mettre à son ralliement des conditions prises en dehors de la véritable politique?

Admettons que tout cela va se réaliser, aura-t-on assuré l'avenir?

Je ne le pense pas, car, à tout cela, il manquera une consécration.

On aura fait des changements au sommet de l'édifice, la base continuant à rester tout aussi mouvante. Des modifications auront été introduites dans les institutions, et le peuple les aura acceptées d'instinct, par suite des impressions qu'on s'est atta-

ché à éveiller en lui depuis quelque temps.
Mais les impressions sont mobiles. Viennent des revers, et à l'enthousiasme pour le
régime parlementaire, à l'engouement pour
quelques individualités plus ou moins élo-
quentes, succèderont des impressions toutes
différentes ; bientôt peut-être vous le ver-
rez invoquer une dictature avec autant
d'ardeur qu'il en met aujourd'hui à reven-
diquer la liberté.

Or, n'oublions pas que, de par le suffrage universel, il est en possession de dis-
poser du pouvoir.

J'entends proclamer sur tous les tons ce
qu'on appelle « le réveil d'un grand peuple. » Je ne demande pas mieux que de
croire au réveil de ce grand peuple ; seulement je constaterai qu'il n'est pas tout à
fait spontané. Certes, il eût fallu que le
sommeil fût bien profond pour résister aux
clameurs que la presse a fait entendre.

Quoi qu'il en soit, c'est un fait certain,
et il faut l'accueillir comme un symptôme
heureux. Reste à désirer que ce réveil ne
soit pas celui d'un enfant capricieux, qui
réclame à grands cris des hochets, pour les
briser au bout de quelques instants, qui
tour à tour bat et caresse ceux qu'il a intérêt
à respecter.

Pour cela, il faut qu'on arrive à substi-

tuer peu à peu à des impressions mobiles
des convictions persistantes.

Deux moyens me paraissent pouvoir
conduire à ce but : 1° la liberté illimitée
de la presse, qui amènerait la transformation du journal et l'immixtion, dans les
discussions politiques, d'un nombre beaucoup plus considérable d'intelligences cul-
tivées ; 2° l'émancipation des municipa-
lités.

Notre société présente d'abord un certain nombre d'hommes désireux de jouer
un rôle et dont trop souvent l'ambition
pervertit le jugement ; ce sont les meneurs :
puis un nombre fort grand d'hommes intelligents qui, en temps ordinaire, se croient
autorisés à vivre dans une grande indiffé-
rence à l'endroit de la politique, qui s'en
font même une gloire ; enfin, une masse
ignorante qui ne juge que sur des impressions.

Si les hommes intelligents et désinté-
ressés d'amour-propre sortent de leur apa-
thie, s'ils comprennent que la part d'initiative qui incombe à chacun dans un
gouvernement libéral ne doit pas se bor-
ner à la période fiévreuse des élections ;
s'ils cherchent à élever jusqu'à eux les
intelligences incultes par des discussions
fréquentes, pacifiques et sans parti pris de

louange ni de dénigrement, ils feront à peu
à peu la lumière et neutraliseront peut-
être les inconvénients attachés à la conces-
sion prématurée du suffrage universel. Le
journal tel que je le comprends, le journal
pouvant être abordé par tout homme qui
est capable de raisonner, le journal devenu une création spontanée et toute locale,
un besoin, me paraît appelé à être l'instrument de ce changement si désirable. Peut-être
est-ce une illusion. Dans tous les cas, la chose
est assez importante pour mériter une tenta-
tive, et je crois avoir prouvé qu'on n'en
saurait appréhender un danger plus grand
que celui qui résulte de l'état actuel des
choses et de la liberté restreinte.

A cette décentralisation de la pensée se
joindrait la décentralisation des intérêts
purement locaux, dont la gestion serait
complétement abandonnée aux citoyens et
accomplie au grand jour. Publiques seraient les séances des conseils municipaux,
comme le sont celles des tribunaux, où
l'honneur et la vie des citoyens sont en
jeu, comme le sont celles de la Chambre,
où s'agitent les intérêts du pays tout en-
tier. De là intelligence de plus en plus
complète du mécanisme des institutions,
attachement à ces institutions librement et
sincèrement appliquées, respect plus grand

du pouvoir dont on se sent partie inté-
grante et agissante, que l'on cesse d'envi-
sager comme un ennemi naturel, un mal
inévitable.

L'opinion publique, mise en demeure
de s'éclairer et en état de se manifester
librement, rend l'oppression impossible.

Les institutions, aimées pour elles-mêmes
et pratiquées librement sur tous les points
du pays, annulent les effets déplorables de
la turbulence des cités.

Avec ces deux conditions, les modifications réclamées seraient nécessairement
appliquées dans leur esprit, lors même
qu'on ne les aurait pas encore édictées.

Faute de ces deux conditions, elles pourraient demeurer une lettre morte, ou du
moins ne procurer qu'un allégement tem-
poraire; elles ne seraient qu'un palliatif
dont l'expérience du passé a démontré l'in-
suffisance.

Epilogue.

Je méditais sur toutes ces choses; ma
fenêtre ouverte laissait voir à travers les
arbres du jardin les splendeurs mourantes
du soleil couchant.

Dans le fond du tableau une fournaise
immense, d'ardentes lueurs; à mesure que
le regard s'élevait, les lueurs s'affaiblis-

saient par une dégradation insensible et allaient se fondre en un bleu sombre où déjà pointillaient quelques étoiles. Au-devant de la fournaise, et tout à l'entour, des nuages de formes fantastiques bordés de pourpre et d'or.

Et je regardais, je regardais encore, je regardais toujours.

Et il me sembla que je m'élançais dans l'espace, le regard toujours fixé sur le point fascinateur.

J'avançais rapidement; la terre fuyait derrière moi : et, à mesure que j'avançais, un sentiment inexprimable de bien-être, de force, de quiétude me pénétrait.

Puis le spectacle prenait des aspects sublimes : j'apercevais dans leurs proportions réelles, je côtoyais des mondes qui n'étaient auparavant qu'un point imperceptible; à mon oreille arrivaient d'ineffables harmonies.

Animé par un pressentiment de bonheur, j'avais franchi des distances incommensurables; la sphère d'activité des globes qui nous versent la lumière était dépassée. J'avais cessé de compter le temps.

Je pensai alors à la terre... Elle était là, devant moi; mon regard l'enveloppait dans son ensemble, plongeait dans les gouffres liquides, pénétrait les profondeurs du sol. J'avais cessé de mesurer l'espace.

Et je contemplais avec attendrissement les êtres amis retenus encore dans les liens mortels; je leur soufflais le courage et quelque bonne pensée.

Les vanités mesquines, les ambitions folles, les haines sanglantes des hommes, ces créatures éphémères et débiles, m'inspiraient une pitié profonde et je m'écriai : « Infortunés! serez-vous donc condamnés à vous haïr toujours? N'y a-t-il donc aucun moyen de déchirer le voile qui vous cache l'inanité de vos malentendus, l'odieux de vos discordes?

Alors une voix s'éleva qui disait : « Pour voir clair dans les choses de la vie mortelle, il faut s'être habitué à regarder par delà. »

Août 1869